This book belongs to:

GW00983107

This book is dedicated to the loving memory of Batoul Abdolvahabi, my grandmother, whose love of life, open-mindedness and kind heart, continue to inspire me to this day.

A Visit from Maman Bozorg

plus: "We Want A Dog!"

دیدار مامان بزرگ

همراه با:

ما سگ می خواهیم!

Dustin Ellis

Written by Dustin Ellis. Illustrations for "A Visit from Maman Bozorg" by Alfred Gimeno.
Illustrations for "We Want a Dog" by Joe Banaszkiewicz. Layout and cover design by John Dymer.

Farsi translation by Guity Shahbaz Ellis.

Published by Norooz Productions.

For LCCN & other copyright or publication information, go to www.babakandfriends.com.

Printed in Korea.

ISBN Number: 0-9766712-1-2

NOROOZ PRODUCTIONS
Culture through Entertainment

Norooz Productions is an entertainment company focused on developing and distributing premium quality products that both entertain and teach children about different cultures. Babak and Friends is a wholly owned brand of Norooz Productions, focused on the Iranian community. Through Babak, we hope to teach Iranian children about being Persian and proud, as well as non-Iranians about some of the more rich aspects of Persian culture.

فرهنگ از طریق سرگرمی

هدف شرکت نوروز تولید و پخش محصولات آموزشی و تفریحی برای کودکان و نوجوانان در دور دنیا است.

"بابک و دوستان" یکی از برنامه های شرکت نوروز است که به کودکان و نوجوانان ایرانی می آموزد چگونه می توان به ایرانی بودن خود افتخار کرد و همزمان، این برنامه مردم دنیا را با سنت های زیبای ایرانی آشنا می کند.

ماجراهای بابک و دوستان همچنان ادامه دارد.

Book One

“A Visit from Maman Bozorg”

دیدار مامان بزرگ

Story by: Dustin Ellis

Pictures by: Alfred Gimeno

Persian Translation by: Guity Shahbaz Ellis

One night, Babak wakes up cold and shivering. He wanders down the stairs to ask his mother for an extra blanket. In the kitchen, his mother is washing the dishes with a smile. Excitedly, she tells Babak that his Maman Bozorg is coming all the way from Iran just to visit him. Babak is not very happy because this means that he is going to have to speak Persian.

شبی بابک، در حالی که از سرما به خودش میلرزد، از خواب بیدار میشود و به طبقه پائین میرود تا از مادرش بخواهد یک پتوی اضافی به او بدهد. در آشپزخانه، مادر در حالی که لبخندی بر لب دارد، مشغول شستن ظروف است. او با خوشحالی به بابک میگوید که مامان بزرگش دارد برای دیدن او از ایران به آمریکا می آید. بابک از این جریان راضی نیست چون می داند که وقتی مامان بزرگش بیاید او مجبور می شود فارسی حرف بزند.

The following afternoon, Babak excitedly rushes to greet his mother after school. But Babak becomes embarrassed when his grandmother jumps from the car and smothers him with hugs and kisses in front of his friends. Babak wishes his grandmother would not do those things in front of the other kids. He wishes his grandmother had not come. He almost wishes he were still in school, doing homework instead of having to sit with his Maman Bozorg.

فردای آن روز، بعد از مدرسه ، بابک با خوشحالی به طرف اتوموبیل مامانش میدود،اما بجای مامانش، مامان بزرگ از اتوموبیل پیاده میشود و در مقابل همکلاسیهای بابک، او را بغل می گیرد و می بوسد. بابک از این حرکت مامان بزرگ خجالت میکشد و پیش خودش فکر میکند کاش مامان بزرگ جلوی دوستان او این کارها را نکند. به خودش میگوید کاش مامان بزرگ اصلا به آمریکا نیامده بود. شاید هم بهتر بود او در مدرسه میماند و مشق می نوشت بجای اینکه مجبور بشود پیش مامان بزرگ بنشیند!

AAA
aaa
BBB
bbb
See Spot run.

The next few days, everything his grandmother does seems to bother Babak. His mother decides that it would be a good idea to have Babak teach English to his grandmother as a way of bringing them closer together. But Babak has better things to do, like play Dragon War or ride his bicycle. Of course he knows that if he doesn't teach his Maman Bozorg English his mother would get upset. Babak decides to try to teach Maman Bozorg what he is learning at school.

روزهای بعد هم هر کاری مامان بزرگ میکند باعث دلخوری بابک میشود. مامان بابک فکر میکند شاید بهتر باشد برای اینکه بابک و مامان بزرگ بیشتر با هم آشنا بشوند، به بابک بگوید به مامان بزرگش انگلیسی یاد بدهد. اما بابک ترجیح میدهد یا دوچرخه سواری بکند یا با اسباب بازی ها خودش را سرگرم کند. اما می داند که اگر به مامان بزرگ انگلیسی یاد ندهد مامانش را دلخور میکند. بنابراین تصمیم میگیرد به مامان بزرگ زبان انگلیسی یاد بدهد.

One rainy night, Babak wakes up and finds himself alone with Maman Bozorg. Even though he is upset at the idea that his parents went out, Babak agrees to sit with Maman Bozorg, but only to warm up for a bit. Before he knows it, he becomes lost in Maman Bozorg's story about the three goats, "Shangool, Mangool and Happeh Angoor" and falls fast asleep in her warm arms.

یک شب که باران شدیدی می بارد، بابک از خواب بیدار میشود و می بیند که با مامان بزرگ در خانه تنها مانده است. بابک اگر چه ناراحت می شود که مامان و بابا منزل نیستند، تصمیم میگیرد سر خودش را با مامان بزرگ گرم کند. بابک به زودی با قصه "شنگول و منگول و حبه انگور" که مامان بزرگ برایش تعریف میکند، در آغوش گرم مامان بزرگ بخواب میرود.

The next night, Babak decides to play a trick on Maman Bozorg as she is brushing her teeth in the bathroom. He turns out the light from the outside and runs away laughing. Babak later discovers that because of his "joke", his grandmother tripped and bumped her forehead.

شب بعد، بابک تصمیم میگیرد با مامان بزرگ سربه سر بگذارد. وقتی مامان بزرگ در دستشویی دارد دندان هایش را مسواک میزند، بابک چراغ دستشویی را خاموش میکند و با خنده فرار میکند. روز بعد بابک خبردار میشود که شوخی دیشب او باعث شده که مامان بزرگ در تاریکی سرش به دیوار خورده و زخم شده است.

When Babak finds out that poor Maman Bozorg was hurt from the fall, he feels badly and goes to say he is sorry. Maman Bozorg gives him a big hug and tells him that it is ok. Babak finally realizes just how much his grandmother loves him and how much he means to her.

بابک خیلی ناراحت میشود که مامان بزرگ را دلخور کرده و میرود که از او معذرت بخواهد، اما مامان بزرگ او را بغل میکند و به او میگوید که هیچ جای ناراحتی و معذرت خواهی نیست. بابک تازه متوجه میشود که مامان بزرگ چقدر او را دوست دارد و برایش عزیز است.

Early the next morning, Babak wakes up only to discover that his Grandmother has gone back home to Iran. He feels sad and wishes he had spoken more Persian with her. He wishes he had enough time to show her all his toys and teach her some new words. His mother sees how upset he is and offers him some words of comfort, "Don't be sad dear, she will be back very soon. Besides, a person will always be close, as long as you keep them in your heart." Babak knows his mother is right, still he would rather have his grandmother *with* him than *within* him.

صبح روز بعد، وقتی بابک از خواب بیدار میشود، مامانش به او میگوید که مامان بزرگ به ایران بازگشته است. بابک خیلی ناراحت میشود و دلش میسوزد که چرا با مامان بزرگ بیشتر فارسی حرف نزده است و به او بیشتر انگلیسی یاد نداده است. مامان بابک که می بیند او خیلی ناراحت است، به بابک دلداری میدهد و به او میگوید: "غمگین نباش عزیزم برای اینکه مامان بزرگ بزودی به آمریکا برمیگردد. به علاوه، یادت باشد که وقتی محبت کسی در دل آدم هست، آن شخص همیشه به آدم نزدیک است." بابک میداند که مامانش راست میگوید، اما ترجیح میدهد که مامان بزرگش کنارش باشد تا فقط در دلش باقی بماند!

I LOF YEW.
DONO bi COLD
THES is FOR
YEW.

After school that day, a tired Babak comes home to discover a package that his Maman Bozorg left for him. Excited, Babak opens the gift to find a special quilt she had made, along with a note. Babak is happy that he had spent that time with her teaching her English.

Later that night Babak sleeps a deep and restful sleep filled with dreams about a grandmother who lives thousands of miles away. He knows he will never wake up cold again as long as he is covered by the blanket his Maman Bozorg made with love.

بعد از ظهر وقتی بابک از مدرسه برمیگردد می بیند مامان بزرگ یک بسته قشنگی برایش روی تخت خوابش گذاشته و رفته است. بابک با خوشحالی بسته را باز میکند و می بیند یک لحاف زیبائی که خودش برای بابک دوخته با یک یادداشت برای او هدیه گذاشته است. در این یادداشت مامان بزرگ به انگلیسی نوشته: "خیلی دوستت دارم. امیدوارم دیگر سرما را حس نکنی. این هدیه برای تو است."

آن شب بابک با لبخند به خواب میرود و مامان بزرگ را که هزاران مایل از او دور شده به خواب می بیند. بابک می داند که تا وقتی زیر لحاف گرم هدیه مامان بزرگ خوابیده است، دیگر هیچ وقت سردش نخواهد شد.

The end.

پایان

Book Two

"We Want A Dog!"

ما سگ می خواهیم!

Story by: Dustin Ellis

Pictures by: Joe Banaszkiewicz

Persian translation by: Guity Shahbaz Ellis

After a nice dinner of Ghormeh Sabzi, Saman and Sousanne help clean the dishes. Their mom, Farah, knows that when her kids are being this helpful, it's because they want something!

"Okay, what do you want?" she asks them.

"A dog!" they reply.

"A dog?!?!" Farah is shocked! "Dog's are too much trouble! They are too much responsibility!"

"Please!" they persist. "Okay", she finally gives in, "we'll ask your dad."

سامان و سوسن، وقتی قورمه سبزی خوشمزه را برای شام میخورند، ظرف های روی میز را جمع میکنند که خودشان بشورند. مامانشان، فرح ، می فهمد که وقتی بچه ها در آشپزخانه به او کمک کنند، حتما یک چیزی از او می خواهند!

فرح میپرسد: "خوب، بگوئید ببینم چه میخواهید؟" دو تائی یک صدا جواب میدهند: "یک سگ!"

فرح با تعجب میپرسد: "سگ؟ شما میدانید نگاهداری از یک سگ چقدر زحمت دارد؟ میدانید چه مسئولیت بزرگی است؟"

بچه ها اصرار میکنند: "خواهش می کنیم !"

فرح بالاخره راضی میشود: "بسیار خوب . بگذارید از پدرتان هم اجازه بگیریم ."

As expected, their dad, Mansour, agrees. But on three conditions: One, the kids promise to feed the dog. Two, they promise to clean up after it, including any messes it makes. And three, they have to pick a little dog...no big dogs allowed! Later at the pet store where their cousins Babak and baby Roya join them, they settle on their new dog (except for Saman who has made friends with a big dog!)

البته، همانطور که انتظار میرود، پدرشان، منصور، با آوردن یک سگ موافقت میکند، اما به سه شرط:
اول اینکه بچه ها قول بدهند که هر روز به سگشان غذا بدهند. دوم: نظافت سگ و خرابکاری هایش
به عهده بچه ها باشد و سوم اینکه: یک سگ کوچک انتخاب کنند نه یک سگ بزرگ!
در مغازه سگ فروشی، بابک و رویا کوچولو، پسر خاله و دختر خاله سامان و سوسن هم به آنها
می پیوندند و بچه ها یک سگ کوچک انتخاب میکنند. (البته سامان با یک سگ بزرگ دوست شده است!)

After cleaning the mess in the kitchen, the kids take the puppy outside, only to make an unpleasant discovery: she likes to dig holes and bury everything in sight! Again, they clean up after the puppy as she runs into the house. And again, Mansour and Farah are watching quietly in the background.

بچه ها بعد از اینکه زمین آشپزخانه را تمیز می کنند، سگ کوچکشان را به حیاط میبرند، اما تازه کشف میکنند که سگ ها دوست دارند حیاط را بکنند و هر چه پیدا می کنند در چاله پنهان کنند! بچه ها بلافاصله حیاط را تمیز می گنند و به دنبال سگ کوچولو به داخل منزل میروند. البته منصور و فرح همچنان بچه ها و سگشان را زیر نظر دارند.

Back in the house, an unexpected surprise and unpleasant smell awaits the children. The puppy has left a “little present” in the other room! The disgusted kids quickly try to clean up the mess.

“I wish she had done that in one of her holes outside!” Saman points out. Meanwhile, the puppy has gone to check out a squeaking noise coming from another room.

داخل خانه ، بچه ها متوجه می شوند که سگ کوچولو روی زمین کثافت کاری کرده و بوی بسیار بدی راه انداخته است ! بچه ها با ناراحتی میدوند که کثافت کاری سگشان را تمیز کنند.

سوسن میگوید: ً کاش این کار را در یکی از چاله هائی که در حیات کنده ، کرده بود! ً

تا بچه ها سرشان به این کارها گرم است ، سگ کوچولو که صدای اسباب بازی شنیده ، به یک اتق دیگر می رود .

The puppy has traced the squeak noise to a toy Roya is playing with and they are in the middle of a big tug of war when the kids come into the room. Immediately, they try to pull the two apart. Instead, it is the toy that breaks in two- sending the kids and the dog flying everywhere! Mansour and Farah hear the commotion and come into the room to see a huge mess. Both are shocked! They tell the kids to clean up and then to come and see them.

سگ کوچولو که صدای اسباب بازی رویا را در اتاق پهلوئی شنیده ، بطرف رویا میرود و اسباب بازی را از دست رویا میگیرد و به این ترتیب ، رویا از یک طرف و سگ کوچولو از طرف دیگر آنقدر اسباب بازی را می کشند تا پاره می شود و هر کدام از یک طرف به زمین می افتند.

منصور و فرح که سر و صدا توجه آنها را جلب کرده ، به اتاق می آیند و از دیدن این منظره تعجب می کنند.

آنوقت به بچه ها می گویند که اتاق را تمیز کنند و بعد به اتاق نشیمن بیایند تا با آنها حرف بزنند.

Expecting the worse, the kids take turns saying goodbye to the puppy. Saman and Sousanne are feeling really sad because this was their dog. One by one, they give the puppy a big hug. Then, all four kids get together and give the puppy one last group hug. They all look at each other sadly; take a deep breath and head into the den.

بچه ها از این مساله نگران می شوند و فکر می کنند که باید با سگ کوچولو خداحافظی کنند. سامان و سوسن خیلی غمگین هستند چون سگ مال آنها بوده است. هر کدام سگ کوچولو را بغل می گیرند و بعد هر چهار بچه سگ را در آغوش می گیرند و با قیافه های غم انگیز و یک نفس عمیق به طرف اتاق نشیمن می روند.

Back in the den, the kids are surprised to find that Farah and Mansour are not angry. "In our original agreement, you kids were supposed to take care of the puppy. And you kept your promise. Therefore, we also have to keep our promise!"   The kids are so happy, because they know that this means they get to keep the puppy! Babak suggests they name her Toufan. Farah asks why.

"Because she's like a storm!" Babak answers as he points to the mess Toufan caused! Everyone laughs and gives another group hug to their newest family member!

بچه ها وقتی وارد اتاق نشیمن می شوند با تعجب می بینند که منصور و فرح عصبانی نیستند. فرح می گوید:
یادتان می آید که شما قول دادید از سگتان نگهداری کنید. شما سر قولتان باقی ماندید و حالا ما هم
سر قولمان باقی هستیم ً.

بچه ها از خوشحالی سر از پا نمی شناسند چون می فهمند که اجازه دارند سگشان را نگه دارند. فرح از
بچه ها می پرسد که چه اسمی برای سگشان انتخاب کرده اند. بابک پیشنهاد می کند که اسم سگ را
توفان ً بگذارند. فرح می پرسد: ً چرا توفان بابک جون . چون موهایش خاکستری است ً بابک می گوید:
نه ، چون مثل گردباد می ماند ً و بعد به شلوغی های دور و برش اشاره می کند. همه با هم به شوخی بابک
می خندند و بعد سگ کوچولو را که عضو جدید خانواده شده در آغوش می گیرند.

The end.

پایان

The adventures of Babak and Friends continue!

Visit our website www.babakandfriends where you can:
1. Join the Babak and Friends Club! You can connect with other kids and see what they think!
2. Read Babak's personal journal or email him yourself!
3. Play games, get colvoring sheets or send a postcard to a friend
4. Learn all about the Sofreh Haft Seen

For more information go to www.babakandfriends.com

Also available: Babak and Friends: “A First Norooz” DVD Fully Animated Cartoon. Recorded in Farsi and English, this is a cartoon the whole family can enjoy.

Get the original Babak and Friends story today!

Babak, who has been raised outside of Iran, feels left out when his friends celebrate holidays like Christmas and Easter. When his cousins Saman and Sousanne arrive from Iran on Norooz, Babak feels even more lost because he doesn't know how to play their games. Caught between two worlds, Babak is left all alone to determine where he belongs. Will Haji Firooz and Amoo Norooz be able to teach Babak about the rich traditions of Iran? Will Babak find a way to be friends with his cousins and accept their ways in time for Norooz? Babak and Friends is the classic story of a young boy's first Norooz. An entertaining and heart-warming tale which teaches us how to love our past and embrace our differences.

بچه های عزیز، برای خواندن این کتاب به زبان فارسی، کتاب را از طرف چپ شروع کنید و با دنبال کردن عکس ها جلو بروید.

این کتاب تعلق دارد به :